I0817170

Estatua de la Libertad

Julie Murray

abdopublishing.com

Published by Abdo Kids, a division of ABDO, PO Box 398166, Minneapolis, Minnesota 55439.

Printed in the United States of America, North Mankato, Minnesota.

052017

092017

Spanish Translator: Maria Puchol

Photo Credits: Getty Images, iStock, New York Public Library, Shutterstock

Production Contributors: Teddy Borth, Jennie Forsberg, Grace Hansen

Design Contributors: Christina Doffing, Candice Keimig, Dorothy Toth

Publisher's Cataloging in Publication Data

Names: Murray, Julie, author.

Title: Estatua de la Libertad / by Julie Murray.

Other titles: The Statue of Liberty

Description: Minneapolis, Minnesota : Abdo Kids, 2018. | Series: Lugares simbólicos de los Estados Unidos | Includes bibliographical references and index.

Identifiers: LCCN 2016963077 | ISBN 9781532101908 (lib. bdg.) | ISBN 9781532102707 (ebook)

Subjects: LCSH: Statue of Liberty (New York, N.Y.)--Juvenile literature. | New York (N.Y.)--Buildings, structures, etc.--Juvenile literature. | Spanish language materials--Juvenile literature.

Classification: DDC 974.7/1--dc23

LC record available at http://lccn.loc.gov/2016963077

Contenido

La Estatua de la Libertad

Está en el puerto de Nueva York.

Está ubicada en una **isla**. La isla se ha llamado Liberty Island.

Fue un regalo de **Francia**. Llegó en barco en muchas piezas.

Empezaron a montar la estatua en cuanto llegaron las piezas. Terminaron en 1886.

Este monumento es un símbolo de libertad.

JULY

Está hecha de **cobre**. Mide 305 pies de altura (93 m).

cobre

La estatua es la figura de una mujer. Sostiene una antorcha en la mano.

Lleva puesta una túnica.

También lleva una corona.

Mucha gente la visita cada año.

Más datos

¡usaría la talla 879 de zapato!

hay 354 escalones para subir a la corona

hay 25 ventanas en la corona

hay 7 puntas en la corona que representan los 7 continentes

Glosario

cobre
metal de color café-rojizo, que se hace verdoso al contacto con el aire o el agua.

isla
tierra rodeada de agua.

Francia
país al oeste de Europa.

Índice

abdokids.com

¡Usa este código para entrar en abdokids.com y tener acceso a juegos, arte, videos y mucho más!

Código Abdo Kids:
UTK9145